KB198239

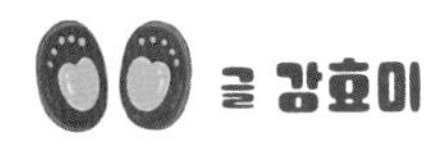

배꼽 빠지게 재미난 이야기를 쓰려고 매일 머리를 쥐어짜지만, 행복한 동화 작가로 살고 있어요. 지은 책으로는《다판다 편의점 1》《똥복이 할멈 1~6》《멍멍말 통역사 김야옹 1》《천재 의사 시건방 1~2》《후덜덜 식당 1~3》《사고뭉치 소방관 오케이 1》 등이 있어요.

그림 밤코

어린이책에 그림을 그리며, 책을 읽을 어린이들을 상상해요. 쓰고 그린 책으로는 2021 볼로냐 라가치상 논픽션 부문 수상작《모모모모모》《이건 운명이야!》《걱정머리》《배고픈 늑대가 사냥하는 방법》 등이 있고, 그린 책으로는《다판다 편의점 1》《반려 요괴 1~2》《초도리와 말썽 많은 숲 1》《달콤 짭짤 코파츄 1~3》 등이 있어요.

다판다 편의점

강효미 글 | 밤코 그림

다산 어린이

다판다 편의점

신기한 물건을 살 수 있는
다판다 편의점이 문을 열었습니다!

먹어도 먹어도
줄지 않는

고기고기 삼각김밥

꿀떡꿀떡 생수

씹고 있으면
수학 문제가
술술 풀리는

지우고 싶은 기억을
말끔히 지워 주는

술술술 젤리

싹싹싹 물티슈

모두 다 판다 편의점에 놀러 오세요!

떡볶이
둥실 태권도
이달의 신상품
신선하고 좋은 맛
대나무 만두
다음 신상품은? 기대해 주세요~
휘잉

다
판다 편의점
동실3길
축 오픈
판다 편의점

이상한 사장님

"하암!"

판다가 늘어지게 하품했어요. 기지개도 쭉 켰지요.

이 판다의 이름은 두둥.

둥실초등학교 앞에 있는 편의점의 사장님이랍니다.

멋진 초록색 모자를 쓰고 날렵해 보이는 초록

신선한
대나무
신제품
판다쿠키
판다 쿠키
하암~
미오칩
미오칩
미오칩
1+1
두둥
주간판다
판다
두둥시
초코리
2000원
1000원
1500원
아이쿠
500원

색 조끼까지 입었지만 빠르진 않아요. 아니, 반대로 느려 터졌지요.

잠은 또 얼마나 많이 잔다고요?

종일 계산대에 앉아 꾸벅꾸벅 졸면서도, '졸려!'라는 말을 백 번도 더 한다니까요?

그뿐만이 아니에요.

두둥은 이런 말도 자주 했어요.

“귀찮아!”

“하기 싫어!”

“온종일 뒹굴뒹굴하며 놀고 싶단 말이야.”

그래서 24시간 내내 문을 여는 다른 편의점들과 달리, 두둥의 편의점은 문이 자주 열리지 않았어요.

문 앞에는 삐뚤빼뚤한 글씨로 이렇게 적혀 있었고요.

여는 시간:
사장님 마음대로
닫는 시간:
사장님 마음대로

그래서 동네 사람들은 종종 흉을 보곤 했어요.

"저 판다 사장은 너무 게을러!"

"문을 여는 날보다 닫는 날이 더 많아."

"게다가 성격은 또 얼마나 제멋대로인지! 다 자기 하고 싶은 대로만 한다니까?"

그러거나 말거나, 두둥은 신경도 안 썼어요.

그런 말들에 신경 쓸 시간에 일 분이라도 더 뒹굴뒹굴하는 편이 좋았으니까요.

그러거나 말거나

"하암!"

아침이 밝아 오고 있었어요.

두둥은 오랜만에 편의점 문을 열기로 했어요. 며칠 뒹굴뒹굴했더니, 허리가 너무 아팠기 때문이에요.

등교 시간이 가까워지자 재잘거리는 아이들의 수다로 편의점 앞은 북적였어요.

다
판다 편의점
영업중
하암~
여는 시간:
사장님 마음대로
닫는 시간:
사장님 마음대로
다
축★오픈★
판다 편의점
스크림
안녕?

하지만 편의점 안은 딴 세상인 듯 조용했지요.

둥실초 아이들에겐 이미 소문이 다 나 버렸거든요.

그러거나 말거나, 두둥은 계산대에 앉아서 졸고 있었어요. 커다란 두둥의 머리는 자꾸만 바닥을 향해 끄덕거렸어요. 두둥의 입에서는 침이 주르륵 떨어졌지요. 코 고는 소리는 점점 더 커졌고요.

딸랑딸랑!

유리문에 달린 종이 울리는 것도 두둥은 까맣게 몰랐어요.

부스럭부스럭!

잠시 후.

두둥은 부스럭거리는 소리에 깨어났어요.

천장에 달린 거울에 한 남자아이가 보였어요.

남자아이는 쭈그리고 앉아서 초콜릿이며 사탕을 하나하나 들었나 놓으며 고르는 중이었어요. 자꾸만 벽에 달린 시계를 흘끔거리면서 말이에요.

"저 아이가 나가면 문을 닫아야지. 낮잠이나 늘어지게 잘 거야, 하암!"

벌써 골목길은 한산해지고 있었어요.

어느새, 시계는 등교 시간인 9시를 가리켰지요. 그제야 아이는 자리에서 벌떡 일어났어요.

드디어 학교로 달려가려는 걸까요?

"사장님!"

아이는 뜻밖에도 사탕 하나를 들어 보이며 물었어요.

"이거 맛있어요?"

"잘 몰라."

두둥은 하품을 참으며 대답했어요.

아이는 다른 사탕을 들어 보였어요.

"그럼 이건요? 맛있어요?"

"몰라."

"그럼 이건요?"

"몰라! 모른다고!"

두둥이 소리쳤어요.

"난 졸려! 낮잠 자고 싶단 말이야. 그러니 빨리 나가 줘!"

하지만 아이는 조금도 물러설 생각이 없는 것 같았어요.

"아이참, 오랜만에 간식을 사 먹으라고 엄마한테 용돈을 받았단 말이에요. 맛이 없는 걸 사면 용돈이 너무 아깝잖아요. 그럼 이건요?"

"어휴, 귀찮아!"

두둥은 말 많은 손님을 가장 싫어했어요.

가장 좋아하는 손님은 어떤 손님이냐고요?

당연히 다른 편의점에 가는 손님이지요. 다른 편의점에 가는 손님이라면 자신을 절대 귀찮게 하지 않을 테니까요.

두둥은 벌떡 일어나 소리쳤어요.

"도대체 어떤 간식을 원하는 거야?"

그러자 아이가 대답했지요.

"그냥 아무거나 하나만 골라 주세요. 사장님 마음대로요!"

"사장님 마음대로?"

“네, 사장님 마음대로요. 어떤 간식이 가장 맛있는지 사장님이라면 아실 테니까요.”

“사장님 마음대로라?”

어, 이게 어떻게 된 일일까요?

갑자기 두둥이 자리에서 튀어 올랐어요.

“사장님 마음대로라고?”

두둥의 동그란 눈은 더욱 동그래졌고, 포동포동한 양 볼은 좌우로 흔들렸어요. 찰진 엉덩이는 더 빵빵하게 부풀었고요.

마치 톡 쏘는 사이다를 마신 것처럼 말이에요.

야호!
사장님 마음대로라고?

촤라라락
쓩!
오싹 오싹 슬라임
오싹 오싹 슬라임
싹싹
싹싹

대나무면
컵라
쌍둥이 카드
고기고기
자르르
솜사탕
눈물이 뚝!
웃기는 팝콘
꿀떡수
꿀떡수
꿀떡수

사장님 마음대로

두둥은 지금껏 본 적 없는 재빠른 걸음으로 성큼성큼 다가왔어요.

"너, 이름이 뭐지?"

"제, 제 이름이요? 만재예요, 오만재! 우리 할아버지가 천재보다 더 똑똑해지라고 만재라고 지어 주셨대요."

"오만재!"

판다라면
스타 칩
머리카락이 자란다!
헤어롱깡
웃기는 팝콘
두둥
너, 이름이 뭐지?
오만재!

두둥이 입꼬리를 올리며 씩 웃었지요.

"넌 방금 마법의 문장을 말했어."

"제, 제가요?"

만재의 눈이 휘둥그레졌어요.

"그래! 나는 놀기 좋아하는 느림보 판다. 하지만 '사장님 마음대로'라는 말을 들으면 더는 느림보 판다 아니야. 난 신이 나! 사장님 마음대로라니! 사장님 마음대로라니!"

두둥의 말이 점점 빨라졌어요.

"들으면, 들으면 느림보 아니라고! 마음대로라니, 신이, 사장님은! 신이 나!"

"뭐라고요? 못 알아듣겠어요."

만재는 얼굴을 찌푸렸지요.

"난 좀처럼 이렇게 빨리 말하지 않거든, 않거든. 그래서 혀가 꼬여, 혀가 말을 잘 듣지 않아. 난 지금 몹시 신났어. 내 마음대로라니! 내 마음대로라니! 그렇다면 너에게 꼭 추천해 주고 싶은 간식이 있어. 바로 바로 이거야, 이거야! 어제 갓 들어온 신상품이지."

두둥은 진열대에서 사탕 하나를 집어 내밀었어요.

"체인지 사탕이라고요?"

만재의 눈이 반짝 빛났어요.

"이건 아주 재미난 사탕이야, 사탕이야. 입에 넣으면 달콤한 딸기 맛이 났다가, 상큼한 포도 맛이 났다가, 아주 신 레몬 맛이 나지!"

"아……. 맛이 자꾸만 변해서 체인지 사탕이군요?"

만재의 표정에 실망이 비치기도 전에, 두둥이 소리쳤어요.

"아니야, 아니야! 고작 그 정도, 고작 그 정도 아니야. 이 체인지 사탕은 다 녹을 때까지, 목소리를 바꿔 줘."

"목소리를 바꿔 준다고요?"

"응, 그것도 내가 원하는 다른 사람의 목소리로, 목소리로!"

"세상에 그런 사탕도 있어요? 거짓말."

"거짓말이라고?"

두둥은 체인지 사탕을 뜯어서 사탕 한 알을 꺼냈어요.

윤기가 돌아 반짝이는 것 말고, 다른 알사탕과 다른 점은 없었지요.

두둥은 사탕을 입에 쏘옥 넣었어요. 포동포동한 볼로 사탕을 떼구루루 굴린 다음 말했지요.

"나 거짓말 안 한다, 안 한다!"

두둥의 입에서 만재의 목소리와 똑같은 목소리가 튀어나왔어요.

"세상에!"

깜짝 놀란 만재는 그대로 엉덩방아를 찧었어요.

두둥은 사탕 한 알을 또 입에 넣었어요.

"이 사탕은 정말 맛있어, 맛있어. 그리고 재밌지!"

이번엔 할머니 목소리가 튀어나왔어요.

"신기해요!"

두둥은 자꾸만 입에 사탕을 집어넣었어요.

그때마다 아기 목소리, 어른 여자 목소리, 할아버지 목소리로 자꾸만

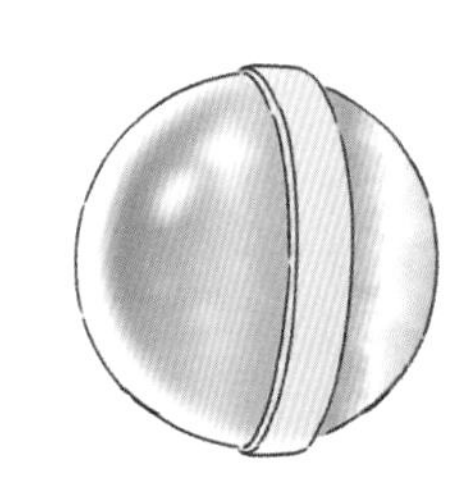

목소리가 변했어요.

어느새 사탕이 입안에서 다 녹자, 두둥의 목소리는 원래대로 돌아왔어요.

"사 갈 거야, 말 거야?"

"주세요, 체인지 사탕!"

띡!

두둥은 체인지 사탕의 바코드를 찍었어요.

만재는 서둘러 계산하곤, 허겁지겁 뛰어서 학교로 향했어요.

"어휴!"

만재가 돌아가자마자, 두둥은 그대로 주저앉았어요. 마치 마법에서 풀린 것처럼 정신이 번쩍 든 거예요.

"내가 또 사장님 마음대로라는 말에 흥분했나 봐. 하암!"

두둥은 크게 하품했어요.

그제야 계산대 위에 펼쳐진 공책이 눈에 들어왔어요. 아까 졸면서 흘린 침으로, 글자가 살짝 번져 있었어요.

"맞다, 물건을 잘 사용해 줄 손님에게만 팔아야 한댔지?"

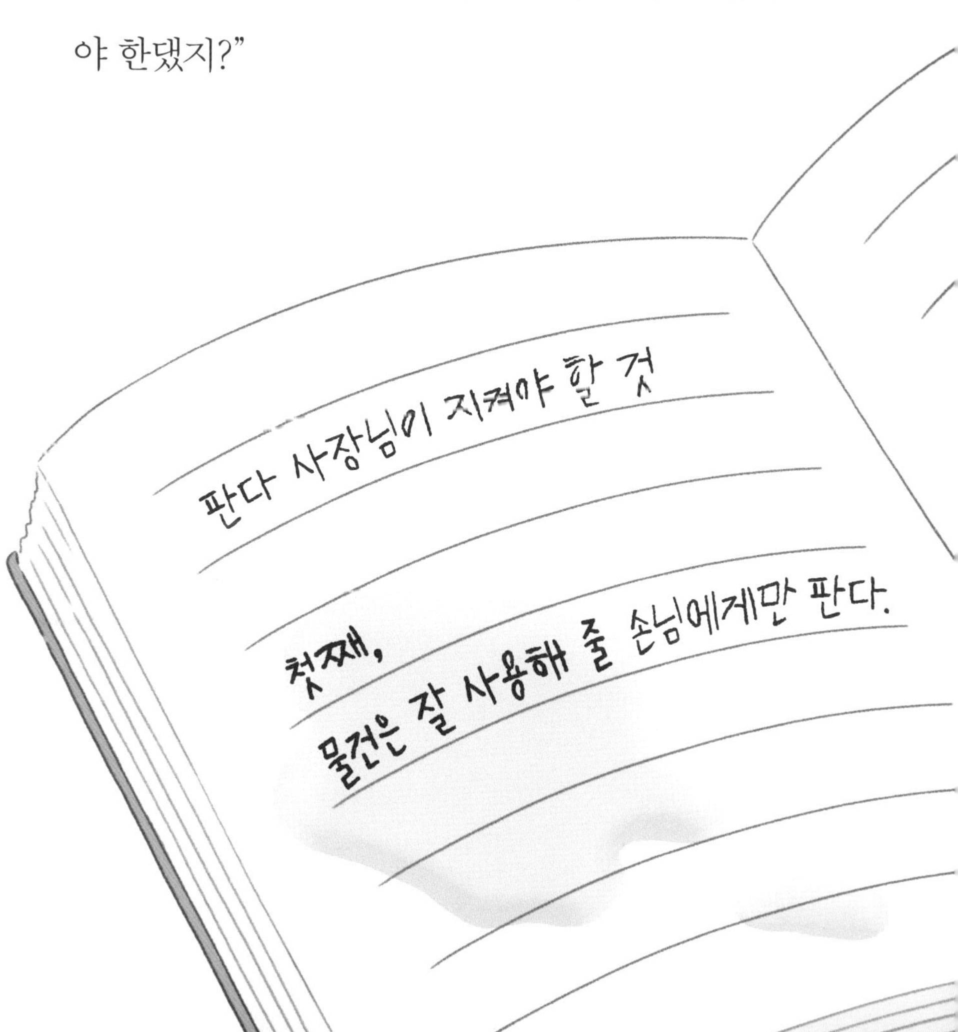

하지만 두둥은 보송한 손으로 공책을 탁, 덮어 버렸어요. 만재와 아옹다옹하는 사이 온몸에 힘이 다 빠져 버렸거든요.

두둥은 느릿느릿 편의점 문을 닫았어요.

그런 다음, 2층에 있는 집으로 느릿느릿 올라갔지요. 느릿느릿 침대에 누운 두둥은 아주 달콤한 낮잠에 빠졌어요. 이런 잠꼬대를 하면서요.

"그러거나 말거나……."

그러거나
말거나~

체인지 사탕

만재는 체인지 사탕을 손에 꼭 쥐고 학교로 향했어요.

"잠깐! 지금 가면 선생님께 혼날 텐데?"

만재는 어제도, 엊그제도 혼이 났어요.

할아버지가 천재보다 더 똑똑해지라고 만재라고 이름을 지어 주셨지만, 만재는 둥실초등학교에서 가장 유명한 말썽꾸러기였거든요.

오안채
잠깐?
30
5

그때, 좋은 생각이 떠올랐어요.

"바로 그거야!"

만재는 얼른 체인지 사탕 한 알을 입에 넣고 굴렸어요.

그러자 달콤한 딸기 맛이 혀를 감싸더니 곧 새콤한 포도 맛이 났어요.

"음, 맛있어!"

만재는 사탕을 입에 문 채, 선생님께 전화를 걸었어요.

"여보세요?"

선생님이 전화를 받자, 만재가 말했어요.

"선생님, 저 만재 엄마인데요."

정말로 만재의 입에서는 엄마의 목소리가 튀어나왔어요.

"만재 어머니, 잘 지내셨어요?"

"네, 그런데 오늘 만재가 배가 아파서 학교에 늦을 것 같아요."

"저런, 만재는 괜찮나요?"

"네, 아파서 지각하는 거니까, 절대 혼내지 말아 주세요."

"알겠습니다. 아파서 그런 거라면 당연히 혼내면 안 되지요."

"킥킥……."

만재는 겨우 웃음을 참으며 말했어요.

"그리고 선생님, 오늘 급식에 시금치무침이 나오던데요, 만재가 아파서 시금치를 못 먹을 것 같아요."

"저런! 돈가스와 초코케이크도 나오는데, 시금치만 못 먹나요?"

"네, 시금치만 못 먹으니까 절대 혼내지 말아 주세요."

"네, 알겠습니다."

"아 참, 만재가 숙제도 못 했어요. 혼내면 안 돼요. 아셨지요?"

웃음이 터질 것 같아서, 만재는 서둘러 전화를 끊었어요. 전화를 끊자마자 사탕은 다 녹아 사라졌고, 목소리도 원래대로 되돌아왔지요.

"킥킥킥, 이거 진짜 재밌는데?"

만재는 학교 앞 무인 인형 뽑기 가게에서 실컷 놀았어요. 인형은 기계의 입구 쪽에서 나올락 말락 만재를 골탕 먹이는 것 같았어요.

"아, 한 번만 더 하면 뽑을 수 있는데!"

주머니를 뒤적였지만, 돈은 한 푼도 없었어요.

"일주일 용돈을 다 써 버렸잖아?"

돈이 똑 떨어지자, 만재는 어쩔 수 없이 학교에 갔어요. 어느새 1교시를 마치고 쉬는 시간이었지요.

선생님은 안 계시고, 아이들끼리 신나게 놀고 있었어요.

만재는 다시 장난을 치고 싶었어요.

얼른 체인지 사탕 한 알을 입에 물고 소리쳤어요.

"에헴!"

입에선 담임 선생님의 목소리가 튀어나왔어요.

"모두 자리에 앉지 못해!"

신나게 놀던 아이들이 우다다 자기의 자리로 돌아가 앉았어요.

'아이고, 재밌다!'

학교를 마치자, 만재는 이번엔 학원에 가기 싫

었어요.

다시 체인지 사탕을 입에 넣곤, 엄마에게 전화를 걸었어요.

“만재 어머니 되시죠? 여기 수학 학원인데요. 학원이 정전이 되었어요. 그래서 하루 쉬기로 했답니다.”

"어머! 그래요?"

"만재를 집으로 돌려보낼게요. 신나게 놀게 해 주세요."

"신나게 놀게 해 주라고요?"

"오늘은 숙제도 없거든요."

"네, 알겠습니다. 저희 만재 좀 바꿔 주세요."

만재는 재빨리 사탕을 깨물어 삼켜 버렸어요.

"응, 엄마."

"만재야, 어디 돌아다니지 말고 집에 곧장 가서 간식 먹고 문제집 풀고 있어."

"하지만 선생님은 신나게 놀라고……."

"오. 만. 재!"

엄마도 체인지 사탕을 먹은 걸까요? 갑자기 무시무시한 목소리로 돌변했어요.

"네……, 알겠어요."

만재는 전화를 끊었어요. 아무리 생각해도 너무나 신통방통해서 자꾸만 웃음이 나왔어요.

"킥킥, 체인지 사탕은 정말 최고야! 수학 학원도 안 가게 되었잖아? 또 어떤 장난을 쳐 볼까? 어?"

그런데 체인지 사탕 봉지에 사탕이 단 한 알밖에 남아 있지 않았어요.

마음껏 장난을 치지도 못했는데, 벌써 다 먹어버린 거예요!

"쩝, 체인지 사탕만 있으면 매일매일 엄청 신날 텐데……."

하지만 더는 체인지 사탕을 살 돈이 없었어요.

그때, 지난주에 있었던 일이 떠올랐어요.

"그래! 그 방법을 쓰는 거야!"

지난주에 있었던 일이에요. 치킨을 배달시켰는데 머리카락 한 올이 들어 있는 것이 아니겠어요?

엄미는 당장 치킨집에 전화를 걸었어요.

"여기 치킨에서 머리카락이 나왔어요!"

“어머머, 세상에! 정말 죄송합니다. 바로 새 치킨을 보내 드릴게요.”

“아유, 괜찮아요. 머리카락만 걷어 내고 먹으면 되죠. 앞으로 조심해 달라고 전화 드린 거예요.”

“아닙니다, 단골이신데 그럴 순 없지요.”

치킨집 사장님은 곧바로 새 치킨을 보내 주었어요. 그래서 만재는 치킨을 아주 실컷 먹을 수 있었어요.

만재는 하나 남은 사탕을 입에 물었어요. 그러곤 어디론가 전화를 걸었어요.

따르릉
따르릉

수상한 전화

전화가 울렸을 때, 두둥은 오랜만에 아주 바빴어요. 산더미처럼 쌓인 만두를 먹는 중이었거든요.

만두는 초록색이었어요. 대나무잎으로 만두피 색깔을 내고, 대나무를 갈아 넣은 만두소를 넣었거든요.

이 대나무 만두는 벌써 몇 달째 '이달의 신상품'이었어요.

눈물이 뚝! 그치는
옴옴옴
웃기는 팝콘
뚝!
사르르 솜사탕
후 후

두둥은 매달 대나무로 만든 맛있는 신상품을 선보일 생각이었어요. 하지만 벌써 몇 달째 전단지는 바뀌지 않고 있었어요. 너무 귀찮았기 때문이에요.

게다가 대나무 만두는 하나도 팔리지 않았어요. 인간들은 대나무를 좋아하지 않았지요. 대나무는 맛이 없었거든요. 볶든 굽든 찌든 얼리든 말이에요.

"인간들은 이 맛있는 걸 왜 싫어할까? 쯧쯧."

두둥은 만두를 입에 한가득 욱여넣으며, 고개를 갸웃했어요.

따르릉따르릉!

전화는 계속 울렸어요.

두둥은 그제야 젓가락을 탁, 내려놓았어요.

"어휴, 귀찮아. 대체 누구야?"

두둥은 느릿느릿 수화기를 집어 들었어요.

어른 여자의 목소리였어요.

"어쩜 좋아요? 우리 아이가 오늘 거기서 산 간식에서 털이 나왔어요!"

전화기에서 들려온 소리는 뜻밖이었어요.

"털이라고요?"

"네, 털이요! 아주 까맣고 짧아요. 그러니까 이건 판다의 털이 분명해요!"

"그렇군요."

전화기를 든 두둥이 이마를 찌푸렸어요.

귀찮은 것이라면 질색하는 두둥에게 아주 귀찮은 일이 생겨 버린 거예요. 공책에는 이렇게 적혀 있었거든요.

둘째, 물건에 문제가 있다면,

직접 찾아가서 사과한다.

직접 찾아가서 사과하다니요!

꼼짝도 하기 싫은 두둥에게 그건 생각하기도 싫은 일이었어요. 두둥은 더 자세히 물어보기로 했어요.

"무슨 간식을 샀는데요?"

"체인지 사탕이요!"

"체인지 사탕이라고요?"

오늘 두둥이 판 체인지 사탕은 한 개뿐이었어요. 바로 만재에게 판 것이었지요.

"정말 판다 털이 나왔다고요?"

"네, 그렇다니까요?"

"흠……, 체인지 사탕에서 판다 털이 나왔다니 그게 누구의 털일까요?"

"사장님이 판다니까 사장님 털이겠지요!"

“제 털이 왜 체인지 사탕에 들어갔을까요?”

“어휴, 전 모르죠!”

두둥은 점점 더 귀찮아졌어요. 이제 어쩔 수 없이 직접 찾아가서 사과하는 수밖에요.

그때였어요.

“지금 바로 아이를 보낼 테니, 새 체인지 사탕을 하나 더 주세요. 체인지 사탕을 하나 더 주신다면, 이번 일은 그냥 넘어갈게요.”

“새 체인지 사탕이라고요?”

“네, 새 체인지 사탕 말이에요. 아셨죠? 이어, 이크!”

“어?”

두둥은 흠칫 놀랐어요.

수화기 너머에서 들려오는 목소리가 처음엔

분명 어른 여자의 목소리였는데, 순간 어린아이의 목소리로 바뀌어 튀어나온 거예요.

"으악, 난 몰라!"

전화는 툭, 끊겨 버렸어요.

난 몰라!

대나무 돋보기

"이건 익숙한 목소리잖아?"

두둥이 고개를 갸우뚱했어요. 확실했어요. 바로 체인지 사탕을 사 간 만재의 목소리였지요.

"체인지 사탕을 먹고 엄마 목소리를 흉내 낸 거로군. 그러다 사탕이 다 녹아 버려서 자기 목소리가 튀어나온 거야. 으으, 도저히 못 참아!"

두둥의 머리에 김이 모락모락 피어올랐어요.

내가 만약
판다라면
출시
1+1
우유
1+1
김치장
1+1
메롱나
메롱나
메롱맛! 출시!
빼빼 메롱
으으!
쿵쿵!

두둥이 화가 난 이유는, 자신을 속였기 때문이 아니었어요. 자신을 귀찮게 했기 때문이었지요.

두둥은 다시 공책을 펼쳤어요.

그곳엔 판다 사장님이 지켜야 하는 세 번째 규칙이 적혀 있었어요.

셋째, 손님이 물건을 잘못 사용했다면,

물건의 포장지를 돌려받아야 한다.

그때, 좋은 생각이 떠올랐어요.

"만재를 제 발로 찾아오게 하면 되잖아?"

두둥은 조끼 주머니에서 돋보기를 꺼내 들었어요. 돋보기 테두리는 대나무로 만든 것이었어요. 어찌나 오래됐는지, 때 묻은 나무에서 반질 반질 윤이 났지요.

두둥은 돋보기를 눈에 가져다 댔어요. 돋보기 속 세상이 뱅그르르 돌기 시작했지요. 세상이 뱅그르르, 뱅그르르 자꾸만 돌고 돌더니, 놀랍게도 돋보기에 만재가 나타났어요.

아! 만재 어머니~
오늘 만재가 아파서
학교에 늦을 것 같아요.
절대 혼내지
말아 주세요.

모두 자리에
앉지 못해!
킥킥!
이크!
선생님?

두둥은 고개를 절레절레 흔들었어요.

“이걸 어쩐담? 옳지!”

두둥은 느릿느릿 전화기를 들었어요.

"우선 담임 선생님 목소리로 만재 엄마에게 전화를 해야겠어. 오늘 만재가 학교에 지각을 했다고 말해야지. 아이들을 놀린 것도 다 말해야겠어. 그런 다음엔 엄마 목소리로 담임 선생님에게 전화를 하고, 학원 선생님 목소리로 엄마에게 다시 전화하고……."

체인지 사탕 한 알을 입에 쏙 넣으며, 두둥은 중얼댔어요.

"어휴, 귀찮아!"

만재 어머니!
만재가 지각을 했어요!
귀찮아~

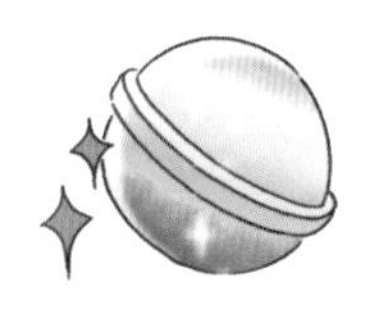

다시 사장님 마음대로

밤이 되었어요.

편의점 문을 닫으려면 아직 한 시간이나 남아 있었지만, 손님은 뚝 끊겨 버렸어요.

청소를 하던 두둥의 커다란 머리가 자꾸만 바닥으로 떨어졌어요.

끄덕, 끄덕, 끄덕.

두둥은 오늘 너무 많은 일을 했어요.

직원 전용
끄덕
끄덕
툭!

그때였어요.

딸랑딸랑!

문에 달린 종이 요란하게 울리는 바람에 두둥은 잠에서 깨어났어요.

문 앞에 만재가 서 있었어요. 고개를 푹 숙이고요!

만재는 당장이라도 울음을 터트릴 것 같았어요. 손에는 텅 빈 체인지 사탕 봉지가 들려 있었어요.

"체인지 사탕으로 하루 종일 장난을 쳤어요. 그런데 엄마에게도, 선생님에게도 모두 들켜 버렸어요. 완벽한 장난이었다고 생각했는데 도대체 어떻게 들키게 된 건지 모르겠어요."

"그으래, 아주 혼쭐이 났겠지?"

"네……, 사장님한테도 사과드려야 할 것 같아서 엄마 몰래 편의점에 온 거예요……."

"하암!"

그러거나 말거나, 두둥은 하품하며 대답했어요.

"손에 들린 그 포장지나 돌려줘."

"네……."

두둥은 만재가 내민 체인지 사탕 포장지를 계산대 옆에 놓인 대나무 상자 속에 집어넣었어요.

비록 빈 포장지이지만, 무사히 돌려받았으니 두둥이 할 일은 끝난 것이었지요.

만재는 계속 말했어요.

"엄마는 잘못을 했으니까, 저에게 수학 문제집을 매일 한 쪽씩 풀라고 했어요. 선생님은 일주일간 반찬 투정하지 말고 급식을 다 먹으라고 했고요. 사장님은 저에게 어떤 벌을 내리실 거예요?"

"벌? 벌이라고?"

"네."

두둥은 고개를 절레절레 흔들었어요.

"난 그런 거 싫어. 귀찮기만 하다고!"

"그럼 용서 안 해 주시는 거예요?"

"응, 귀찮아."

만재의 눈이 휘둥그레졌어요.

"제발 용서해 주세요. 네?"

"싫어, 그냥 나가 줘. 난 한숨 자야 한다고."

"제발요, 아무거나 벌을 내려 주세요. 사장님 마음대로요. 네?"

"네, 사장님 마음대로 아무 벌이나 내려 주세요."

어?

이번에도 두둥은 자리에서 튀어 올랐어요.

"사장님 마음대로라고?"

두둥의 동그란 눈은 더욱 동그래졌고, 포동포동한 양 볼은 좌우로 흔들렸어요. 찰진 엉덩이는 더 빵빵하게 부풀었고요.

마치 톡 쏘는 사이다를 마신 것처럼 말이에요.

두둥은 날렵하게 계산대를 뛰어올라, 만재에게 성큼성큼 다가왔어요.

"넌 방금 마법의 문장을 말했어."

"제, 제가 또요?"

만재의 눈이 휘둥그레졌어요.

두둥이 입꼬리를 올리며 씩 웃었지요.

"나는 놀기 좋아하는 느림보 판다. 하지만 '사장님 마음대로'라는 말을 들으면 더는 느림보 판다 아니야. 난 신이 나! 사장님 마음대로라니! 사

장님 마음대로라니! 들으면, 들으면 느림보 아니라고! 마음대로라니, 신이, 사장님은! 신이 나!"

두둥의 말은 점점 빨라졌어요.

"난 지금 몹시 신났어. 내 마음대로라니! 내 마음대로라니! 그렇다면 너에게 꼭 추천해 주고 싶은 물건이 있어. 바로 바로 이거야, 이거야!"

두둥은 진열대에서 연필 하나를 집어 내밀었어요.

“바로 이 연필이야! 이 연필은 너무 무거워. 아주아주 무거워. 그래서 글자를 천천히 쓸 수밖에 없어.”

만재는 연필을 받아 들었어요.

아주 평범해 보이는 가늘고 긴 연필은, 손이 묵직할 만큼 무거웠어요. 마치 돌덩이를 든 것 같았어요.

“이걸로 숙제를 하면 너무 오래 걸리지, 걸리지! 이걸로 숙제를 하는 동안은 친구와 놀 수도 없고 재미난 동영상도 볼 수 없어, 없어. 이 연필이 다 닳을 때까지는 이 연필로만 공부하렴! 그게 벌이야, 벌이야!”

"네, 그럴게요……."

딸랑딸랑!

경쾌한 종소리와 함께 만재는 돌아갔어요.

그제야 두둥은 또다시 마법에서 풀린 것처럼 정신이 번쩍 들었지요.

"이런, 내가 또 사장님 마음대로라는 말에 흥분했나 봐."

온몸에 힘이 다 빠져 버린 두둥은 의자에 쓰러지듯 앉았어요.

탁자 위에 놓인 공책이 보였어요. 두둥은 공책을 펼쳤어요.

'판다 사장님이 지켜야 할 것'이 적힌 뒷장엔 지난 일주일 동안 편의점에서 팔린 물건과 가격이 적혀 있었어요.

월요일: 아이스크림 1,500

화요일: 과자 2,000 / 삼각김밥 1,500

수요일: 없음

목요일: 휴지 5,000

금요일: 체인지 사탕 1,000

"휴……, 이것밖에 안 된다고?"

두둥은 잠시 걱정했어요.

하지만 어느새 눈꺼풀이 무거워졌어요. 그대로 의자에 풀썩 엎드렸지요.

잠에 빠져들면서 두둥은 중얼거렸어요.

"그러거나 말거나……."

그러거나 말거나
하암

수상한 무리의 정체는?

아주아주 새까만 밤.

끼익!

작은 트럭 한 대가 편의점 앞에 멈춰 섰어요. 트럭이 휘청휘청하더니,

커다랗고 뚱뚱한 그림자들이 우르르 내렸지요.

그중 가장 작은 그림자가 트럭의 뒷문을 열었어요.

그림자가 꺼내 든 건, 테이프로 꼼꼼하게 둘러싼 종이 상자였어요.

종이 상자는 그대로 편의점 앞에 놓였어요. 그제야 편의점에서 새어 나오는 빛으로 상자에 적힌 글자가 보였지요.

동시에 커다랗고 뚱뚱한 그림자들의 정체도 드러났어요. 바로 여러 마리의 판다였어요!

한 판다가 슬쩍 편의점 안을 들여다보곤 말했지요.
"두둥이 잠들었어요!"
"또?"
그러자 저마다 불평을 한마디씩 했어요.
두둥은 너무 게을러빠졌어요.
물건을 팔 생각조차 없다고요!
판다 사장님이 지켜야 할 규칙도 겨우 지켜요!
그런 두둥에게 계속 편의점을 맡겨도 될까요?
한 번 더 기회를 주자고. 이 물티슈만큼은 잘 팔아 주길 기대해야지.

가장 덩치 큰 판다가 말하자, 모두 고개를 끄덕였어요.
판다들은 다시 느릿느릿 작은 트럭에 올라탔어요.
트럭은 출발했지요.

덩치 큰 판다가 중얼거렸지만, 트럭이 내는 부릉 소리에 곧 묻히고 말았어요.

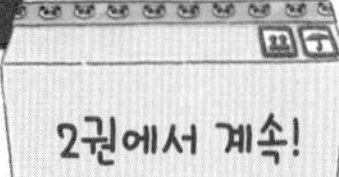

다판다 편의점

1 목소리가 바뀌는 체인지 사탕

초판 1쇄 발행 2025년 2월 10일
초판 2쇄 발행 2025년 2월 24일

글쓴이 강효미
그린이 밤코

펴낸이 김선식
펴낸곳 다산북스

부사장 김은영
어린이사업부총괄이사 이유남
책임편집 고지숙 **디자인** 남희정 **책임마케터** 최다은
어린이콘텐츠사업3팀장 한유경 **어린이콘텐츠사업3팀** 남희정 고지숙 이효진 전지애
어린이마케팅본부장 최민용 **어린이마케팅2팀** 최다은 신지수 심가윤 **기획마케팅팀** 류승은 박상준
편집관리팀 조세현 김호주 백설희 **저작권팀** 성민경 이슬 윤제희
재무관리팀 하미선 임혜정 이슬기 김주영 오지수
인사총무팀 강미숙 이정환 김혜진 황종원
제작관리팀 이소현 김소영 김진경 이지우
물류관리팀 김형기 김선진 주정훈 양문현 채원석 박재연 이준희 이민운

출판등록 2005년 12월 23일 제313-2005-00277호
주소 경기도 파주시 회동길 490 **전화** 02-704-1724 **팩스** 02-703-2219
다산어린이 카페 cafe.naver.com/dasankids **다산어린이 블로그** blog.naver.com/stdasan
종이 스마일몬스터 **인쇄 및 제본** 상지사 **코팅 및 후가공** 평창피엔지

ISBN 979-11-306-6298-5 74810 979-11-306-6297-8 74810(세트)